MARK TEAGUE

Pin-pon! Les pompiers!

Texte français d'Isabelle Montagnier

Éditions
SCHOLASTIC

Pour Owen Samuel et Kei Scarlett Bernstein

Édition publiée par les Éditions Scholastic, 604, rue King Ouest,
Toronto (Ontario) M5V 1E1.

5 4 3 2 1   Imprimé au Canada 119   11 12 13 14 15

Les illustrations ont été réalisées à la peinture à l'huile.
Le texte est composé avec la police de caractères Eagle Book 20 points.
Conception graphique de Charles Kreloff.

Catalogage avant publication de Bibliothèque et Archives Canada

Teague, Mark

Pin-pon! Les pompiers! / Mark Teague ; texte français d'Isabelle Montagnier.

Traduction de: Firehouse!
Pour les 3-8 ans.
ISBN 978-1-4431-1427-1

I. Chiens--Romans, nouvelles, etc. pour la jeunesse.
I. Montagnier, Isabelle II. Titre.

PZ26.3.T3755Pi 2011   j813'.54   C2011-901645-1

Édouard veut devenir pompier.
Un jour, il visite une caserne avec sa cousine Julie.

Édouard essaie un casque de pompier rouge vif.

Mme Tachetée, la capitaine des pompiers, leur sert de guide.
— Tout d'abord, vous pouvez aider à laver le camion, dit-elle.
Ensuite, nous ferons un exercice d'incendie.

Tout le monde donne un coup de main.
— Un camion propre est
un camion heureux,
dit l'un des
pompiers.

Édouard s'installe à la place du chauffeur.
Il tourne le volant à droite, puis à gauche.

— C'est ici que nous vivons,
dit un autre pompier.

Soudain, la sirène retentit!

— C'est un exercice d'incendie, dit la capitaine.
Les pompiers passent à l'action!

Tout le monde glisse le long
du mât de descente.

Le camion démarre en trombe.
— Accroche-toi bien, Édouard! lance un pompier.

Julie ouvre la borne-fontaine.
La pression de l'eau est si forte qu'elle renverse Édouard!

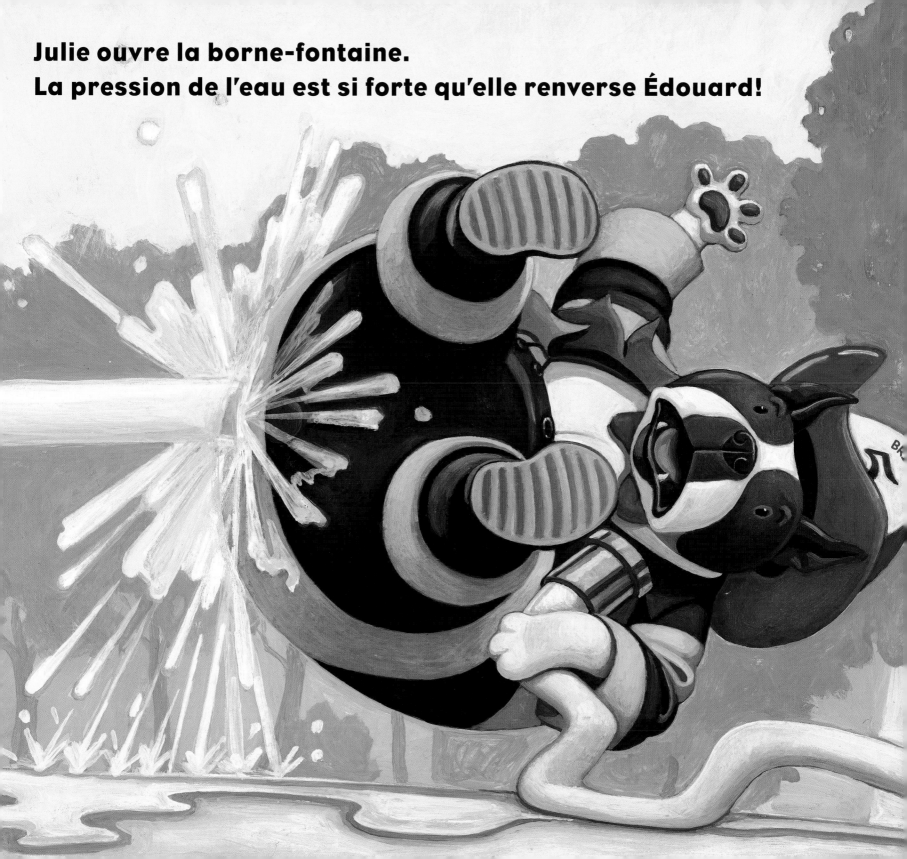

Les pompiers travaillent en équipe.

Édouard s'entraîne
à grimper à l'échelle.

Mais il a besoin d'aide pour redescendre.
Sauver des vies, voilà ce qui est le plus
important dans ce métier.

Les pompiers retournent à la caserne. Alors qu'ils finissent de manger, la sirène retentit de nouveau.
Cette fois, c'est pour de vrai!

Un chaton est coincé dans un arbre!
— Qui pourra le sauver? demande
l'un des pompiers.
Édouard se porte volontaire :
— Moi!

Édouard grimpe à l'échelle et sauve le chaton.
— Bon travail! s'exclament les pompiers.

Édouard est un héros!
Les pompiers font un grand
défilé en son honneur.

Un pompier a besoin de repos.
À la caserne, c'est l'heure de dormir.